청봉 이중옥 시집

한입 가득 베어 물고

지구문학

국립중앙도서관 출판시도서목록(CIP)

한 입 가득 베어 물고 : 청봉 이중옥 시집 / 지은이: 이중옥. ─
서울 : 지구문학, 2015
  p. ; cm

ISBN 978-89-89240-65-5 03810 : ₩10000

한국 현대시[韓國現代詩]

811.7-KDC6
895.715-DDC23   CIP2015020914

시인의 변

꽁꽁 묶어 두었던
지난 시간을 꺼내 펼쳐 봅니다.
버리려 해도
남는 아쉬움으로
버리지 못했습니다.
나의 원고지 속을 떠나
더 큰 세상으로 나아가는 글자들
죽은 글자가 아니고
살아있는 글자가 되었으면 하는
바람을 꿈꾸어 봅니다.

2015년 초하에

靑峰書齋에서 이중옥

차례

제1부 한 입 가득 베어 물고

제 **2**부 누이의 초상

차례

제3부 어린이들의 합창

제**4**부   여로

차례

아름다운 이별

겨울은
가을이 오기도 전에
너무 빨리 왔다

느껴볼 틈 없었던
봄 그리고 여름을
낙엽의 붉음 속에
같이 느껴 보려 했는데

몹쓸 병
팔자겠지
바쁘게 살아오다
떠남은 운명이겠지

주위 살피지 못하고
앞만 보며 달려오다
암癌이라는
뾰족 나온 돌부리에 채어

망가짐은

병실 밖
원망 말자
그 무엇에게도
남아있는
순간만을 생각하자

외투 위 수북이 쌓인 온갖 눈
훌훌 털고
가뿐한 마음으로 떠나자
비록 빨리 온
겨울이지만

하나가 되던 날

마음을 졸이며 티비를 본다
태권도 날쌘 돌이처럼
민첩하고 활기차다
어디다 내놔도 꿀리지 않는다

전반 칠분 골인
후반 팔분 골인
남아공화국과의 월드컵 대결
우리 태극전사들은
그렇게 상대방 골문을 갈랐다

친구들 불러 모으고
마련한 술병들은
속 텅 빈 채 제멋대로 드러누워도
나의 머릿속은 더욱 선명하게
그들의 동작 하나하나 각인됐다

대한민국

짜잔짠 짠짠

유아의 어린 손바닥도
박수 때문에
태극전사들에게
붉은 빛을 바치고
아아
대한민국
오늘 코리아는
하나가 된다

청문회聽聞會

벌떼 모여들어
쪼고 할퀴고
생채기 낸 후
전부 벗기고 나면
나목裸木이 된다

여분餘分의 돈으로
재산불림도 죄가 되고
지식이 쌓여
큰 나무 된 것도 죄가 되고
질시 덩어리다

할퀴고
생채기 나고
쪼인 데는
이리 붓고 저리 붓는다

가장 많이 부은 곳은
가슴속이다

수컷들

장맛비 멈춰 창문을 여니
맹꽁이소리 사방 뜨겁다
황홀한 시간 맞으려
땅 깊은 곳 울음소리

동여매어진
우울증 보내려고
밖을 나서니
임 그리는 소리
고독의 몸부림소리

밝은 달 바라보며
임 그리워 맹꽁
외로움의 몸부림
맹꽁 맹꽁
그리운 임 찾음인가
맹꽁 맹꽁 맹꽁

흑룡장성(제주밭담)

어머니가 한 덩어리 올려놓았습니다.
아들도 한 덩어리 딸도 한 덩어리
밭 갈던 아버지도 잠시 소여물 먹일 제
또 한 덩이 올려놓았습니다.

척박한 땅 밭갈이할 때
툭툭 걸리던
돌덩어리 하나 둘 올려 길게 쌓았습니다.

바람이 빠지게
솔솔 뚫어놓은 담 구멍마다
신들이 자취 없는 발자국이 넘나들고
바람길 따라 '사라' '나리' 태풍도 지나갔고
돌담 구멍 사이로
별빛도 잠시 쉬어 갑니다.

은하수보다 더 많은
돌담 구멍

아버지의 긴 한숨이 넘나들고
찢어지게 가난했던
어머니의 긴 여정이 넘나들었습니다.
신들을 초청하는 초감제 소리가 넘나들고
바람에 씨앗 불리지 않게
말 이끄는 소리가 넘나들었습니다.

돌구멍 하나하나
그 구멍구멍 사이로
한숨이 실려 가고
바람이 실려 오는 사이
시간도 흐르고
세월도 쌓인 후 또 쌓였습니다.

길게 이어진 제주의 밭담
가난했던 우리들 아버지 어머니
할아버지 할머니
그 아버지 어머니

할아버지 할머니들이
우리에게 물려 준
귀하고 값진 보물입니다

방황

바다가 보고프면
바다로 가자

산이 그리우면
산으로 가고

섬이 그리울 땐
섬으로 가자

그러나

가신 임 그리우면
어디로 갈까

인내

그저 바람이면 바람이라고 생각하자
바람이 어디서 나의 얼굴을 스칠까는
나중에 생각하자
동쪽에서 불면 샛바람
서쪽에서 불면 갈바람
남쪽에서 불면 마파람
북쪽에서 불면 하늬바람이라고만
알면 되는 걸

그저 나무면 나무라고 생각하자
계절이 뚜렷한 토양에서
봄이 되면 움트고 여름이 되면 무성한 잎
가을이 되면 열매 익고 겨울이 되면 나목이 되는
사계절의 이유만 알면 되는 걸

그저 세상은 그런 거라고 생각하자
거짓말 잘하는 건
허가받은 도둑놈은

국민의 세금 도둑질하는 건
누구란 것만 알아두자

언젠가 그들이 머리 조아릴 때
그 때는 말해 주자
우린 당신을 기억하고 있다고

한 입 가득 베어 물고

가을 한 입 베어 물면
겨울이 되고

피 한 모금 베어 물면
동백은 진다

전두엽 한 입 베어 문
소주잔엔
뇌의 혼란이 담기고

날선 바람
한 입 가득 베어 물면
사위四圍가 찢기운다

눈부신 병실은
하얀 페인트 한 입 가득 베어 물고

임종 환자는

삶의 끝 시간
한 입 가득 베어 문다

무심한 시간
한 입 가득 베어 물면
내 생의 자리가
또 한 움큼 둘둘 말린다

투망질에 소멸하는 시간

하루가
인화지 위에서
춤춘다

낮은 동편에
떠오른 해를 삼키고
노을은
한낮의 밝음을 삼킨다

아무것도 이룬 게 없는
가슴 한 켠
뻥 뚫어
휑하니
허공에 남고

바다를 향해
떠난 고기잡이배는
긴 물보라를 남기며

건지지 못할
하루를 투망질한다

유년의 마당에 서서

나 살던 집
그 마당에서
추억의 모닥불을 지핀다

내가 아빠 되고
네가 엄마 되어
소꿉놀이했던
시간의 배를 타면

고추잠자리 날고
지붕 위 호박
누렇게 익어가는 마당 한 켠
키 큰 나무에 달린
홍시 탐스럽다

짧은 해
밭갈이 간 아버지
쟁기 지고 돌아와

담배에 불붙이면

부엌에서 나와
아버지 맞는 어머니
머리에 쓴 수건 벗어
눈웃음으로 손을 닦고

둘둘 말린 세월
토해내는 곳엔
넓은 마당 가진
초가집 흙냄새
향기롭게 떠다닌다

농자천하지대본農者天下之大本

비가 한밭 가득 내립니다
밑천도 안 되는 농사
그래도 밭은 갈아야 합니다
갈아도 또 갈아도
꿈은 영글지 않고
배운 도둑질 말고
다시 무엇을 해야 합니까

눈이 한밭 가득 내립니다
그래도 쟁기질을 해야 합니다
파고 또 파도
가난은 자꾸만 동거를 같이 하자 하고
이 나이에
가난과 이혼하는 방법은 무엇입니까

농자천하지대본
옛 어른 말씀은
들여다보면 볼수록 더욱 작아지고

농가의 주름은 더욱 짙어만 갑니다

갈고 씨 뿌리고
파고 심어도
비만 한밭 가득 내립니다
눈만 한밭 가득 쌓입니다

부패腐敗

유리창을 닦는다
여기서 보면 저기가 보이고
저기서 보면 여기가 보이라고
안과 밖을 넘나들며
오염의 때를 지운다
지웠으니 훤해졌을까
살펴보면 자국은 그냥 남는다
저쪽에서 보면 이곳이 오염이고
이쪽에서 보면 저쪽이 오염이다
이쪽저쪽 오가며 자꾸 닦는다
가슴에 울음 심고 자꾸 닦는다
한 마리 파리가 헌상한
배설물까지도 없어지라고

정화를 위한 청소

닦은 유리창은 훤해보여도
또다시 금세 더러워진다

큰 것은 더 크게 더럽히고
작은 것은 조금씩 더럽힌다

터미널 할머니

어디로 가시려는가
어린 손자 데리고

남편, 아들, 며느리
그리고 손자와
자기 몫 하나씩인 보따리와 함께

소개疏開에 불타 버린 고향은
수리대만 무성하고

할머니 등에 손 얹은 손자
다 용서한 해맑은 눈망울인데
할머니 깊은 주름살은
더 깊게 패였다

왜 무엇 때문에
어느 쪽
이정표를 생각하고 있을까

죽임의 주정공장*
죽음의 산
이곳도 저곳도 아닌
숨지도 못할 회색지대

가야 할 곳 몰라 망설임인가
행방 모르는 식구들이 기다림일까

제주시 시외버스 터미널
할머니와 손자의
조각상은

*제주시 건입동 산지천변에 있었던 건물로 제주 4.3사건
당시 예비 검속자들을 가두어 두었다가 6.25 한국전쟁이
발발하자 대부분 즉결 처분하였던 곳.

각도角度

시궁창에 빠져
구정물 뒤집어쓰면
시궁창 인간

정신 병동 들른
나를 본 사람들은
정신 질환자

잡초와 섞이면
잡초
패랭이꽃과 있으면
패랭이꽃

시인들과 함께 있으면
시인이라 한다

내가 나를 잘 아는
평범한 필부인데도

제**2**부

누이의
초상

엿 범벅

창평 삼지네 마을
골목길 올레 민박집
달구지 바퀴 두 개가
출입구 대문에
보석처럼 박혀 있다

영화롭던 지난 날
고택古宅의 울타리는
돌과 흙으로 쌓아 올려
기와를 얹고
이리 구불 저리 구불
끊어질 듯 이어진다
순하디 순한 남도의 인심마냥

서른여섯 가지
산야초 비빔밥이
목 줄기로 여행할 때쯤
식당 아주머니

자연예찬은
밥상너머 일행의
입속에 머물고

대청大廳을 거소居所 삼아
깨어난 잠
아침 햇살에
연무煙霧에 허리 잘린 산
바라보는 심신이 편안하다

떼어 놓으려는 발걸음에
민박 아주머니 쌀엿자랑
구입한 쌀엿 봉지
배낭가방 속 여행에
범벅되어 붙어버린 엿가락
물렁함 없애려 냉동실에 재우고

손자의 성화에 못 이겨

냉동실 범벅 엿 꺼내 망치로 치니
남도南道로 뭉쳐 있던
뇌 속 일상들이
엿 범벅 파편과 함께
사방으로 튄다

술벗

소주잔 속에
대화가 쌓인다
재잘거림을 들이킨다
풀지 못할 고민도 들이킨다

오고 가는 잔
잠시 신뢰가 쌓인다
너와 나의 신뢰
서로가 함께 들이킨다

비워지는 술잔마다
피어나는 끈끈한 정
순간이지만
정은 사슬이 되어
서로를 잠시
하나로 묶는다

만조滿潮의 해변

십이월 초순
찬바람 쌩쌩 부는 모스크바 거리
긴 부츠에 털모자 털외투
차려입은
알맞게 살 오른 중년 여인들

가난함은 멀리 있는 듯
이방인 눈엔
부유함과 넉넉함만이 보였다
일상의 일인 줄은 전혀 모른 채

그 모습 헝클지 마라
썰물 되어 깡마른 모습이면
나의 흡족한 마음은
가난에 힘겹던 옛날이 되려니

불쑥 불쑥 돋아난 검은 현무암
잿빛의 갯벌들을

모두 감추어 버린

만조의 해변은

넉넉해 보이던 모스크바 여인이다

섬의 탄생

그때
한림앞 바다는 어떤 모습이었을까
쪽빛 바다 먼 수평선은
그 날도 붉은 노을 아름다웠을까

바다 속 용틀임
세상 종말을 고하는 해일에
해변 진흙땅 위 모든 것
모래 속에 생매장되고

부글부글 끓는 바다
시뻘건 불기둥은
더 높이
더 높이 올라
몇 날 몇 달을 지새웠을 테지

붉은 불기둥 걷히고 난 후
거대한 섬 하나

멀리도 아닌
시오리 길 가까이에
아!
비양도

고통의 산고 속에
인간과 삶의 터전을
제물로 삼키고
태어난
천 년 전 너를 본다

열병식

지난 여름 심어 놓은 마늘
심은 순간부터 비는 뚝
가뭄이 시작되었다

애지중지 수돗물 뿌리며
사십여 일 지나 생명수 같은
세찬 비 내리자
하나 둘씩 싹을 틔운다

날마다 하늘 쳐다보며
속 태우며 기다리던
비 소식 접고
행복한 눈은
입가의 미소로 향하고

가지런히
빼곡하게 돋아나는 싹들
그 틈새로 발 딛는 농부는

개선장군이다

열병한 그들이
바람결 따라
환호하듯 하늘거리며
농부의 발자국을 반긴다

방파제 스케치

점으로 보이던 하얀 고깃배
새벽공기 가르며
엔진소리 요란하게
항구로 돌아온다

엊저녁
부푼 희망 안고 출항하여
달려간 갈치 어장엔
바다 속 차가운 온도로
어부의 가슴에
찬바람만 가득 채운 채

가깝게 선명한
비양도의
용암 흘러 패인 협곡은
무성한 송림에 묻혀
나부裸婦의 둔덕처럼
햇빛에 노출되고

여인의 벌린 가랑이 같은
수많은 테트라포트 위에는
사출되어 말라버린
정액의 흔적 같은
갈매기 배설물이
하얗게 엉켜 있다

가을 하늘은
새파랗게
외로운 색을
칠하고 있는데

추억

뚜우
통금 사이렌소리에 질겁하여
들던 술잔 내려놓고
통금시간 피해 골목길 돌고 돌아
집으로 도망가던 시절

친구여
길음시장 골목길을 기억하는가
구정물 흐르는 실개천을 바라보며
사각모자 벗고
소주잔 기울이던 그 주막은
먹이를 찾는
맹수의 커다란 눈망울처럼
휘황한 텍사스촌 불빛이
우리들의 옛 추억을
삼켜버렸다

구더기 떠다니는 것 같은

동동주 한 주전자와
이십 원짜리
진주성찬 한정식은
짜고 짠 반찬이
우리들 고픈 배를 채워주고

십 원짜리
돼지껍데기 안주는
쓰디쓴 소주를
달콤하게 만들었었지

오십 년이 흐른 지금
노쇠한 머리에서
그 때를 꺼내는 것은
가녀린 허리띠
졸라매고 살았던
가난했지만 행복하던
학창 시절
부산물을 반추하는 것일까

한림항 정물화

일출이 한가로운데
어린 가마우치
먹이 찾아 자맥질하곤
한참 후
멀리서 고개 들고
먹이 없다고 머리 젓는다

뚜럼*은 긴 고개 내밀어
오가는 이 경계하고
괭이갈매기는
여유롭게 비상한다

오월의 미풍은
나뭇잎도
흔들리지 못하는데

미끌리듯
멀어지는 어선들

만선 꿈 가득하고

꿈쩍하지 않는
바다는
푸른 하늘과
어우러져 있다

*뚜럼-두루미의 제주방언

누이의 초상

내 누이 죽어
해안가에 묻혔다
정성도 백약百藥도 효험 없어
어린 생명 가슴에 돋은 화
바닷물로라도 식히라고

바닷가 오솔길
세월이 변해
해안도로 생기며
바다절경 없애고
누이가 잠든 곳
아스팔트로 검게 덮였다

조릿대 낚싯대 메고
흘린 코 손등으로 닦으며
갯바위 낚시하러
가며 보고 오며 보던
내 누이 모습은

검은 아스팔트가 되었다

가난했던 50년대
창궐하던 천연두
사진 한 장 없는
손바닥만한 둥그런 무덤
그게 내 누이 얼굴이었는데

해안도로 만든다며
까만 아스팔트 속에
묻혀 버린 누이는
육십 년 넘긴 내 가슴에
애믄 무덤의 잔영과 함께 한다

다끄네*

기억 저 편에
웃음 띤 그들이 있다
빈한했던 어촌이지만
다정한 이웃 이십여 가구

건촌이 아버지
민우 어머니
복덕이 할머니 모두
밝은 미소 속에
고기 낚고
물질하고
밭농사 하셨는데

비행기 이착륙
소음으로
사라져 버린
정겹던 마을 다끄네

고향마씸
우리신던 어십주
오늘도 그렁거리는 목소리로
고향을 묻는 답을 하겠지

사삼四三 소개疏開에
고향을 잃었다지만
비행기 소음에
고향 쫓겨난 사람들

용담 레포츠공원에서
그들의 안부를 묻는다

*다끄네 : 제주시 용담 레포츠공원에 있었던 마을로 제주
국제공항이 생기면서 비행기 소음으로 인해 마을 전체 사
람들이 다른 곳으로 이주하여 없어진 마을

•

한수포구

바람이 숨죽인 날
비양도 길 조용하다
한림항 활기차고
조기잡이 선주
눈동자 싱싱하다

솟대 위 나무갈매기 한 쌍
떠나지 못하는 건
외눈박이들에게
사지를 절단 당해 죽은
영등할망 기다림인가

해녀들 시린 몸
녹여주던 불턱은
현대식 슬래브 건물이 되어
해녀들을 삼키고 토해낸다

좀녀 보제기 안녕 빌던

한수포구 영등할망 당堂 옆
솟대에 앉은 목木기러기는
고향 찾아 떠나지 못하고
과거와 현재를 반추하며
바뀌는 세태만 바라보고 있다

거믄질* 바위도 아픈가

해안선 절개하여
세워진
바람개비 때문에
폭파와 포크레인에 찍혀
너는 얼마나 아팠을까

누구 한 사람
피켓 들고 항의 없이
마무리 된
철 구조물 바람개비는
잘만 돌아간다

구럼비바위 폭파에
평화의 섬
파괴라는 아우성은
그들만이 구호인가
제주 전도민의 구호였던가

제주에서 못 보던
머리띠 두른
원정遠征 얼굴
그 얼굴들

평화를 저버린다는 구호가
저토록
피켓 속에서만
울고 있는데

검은질 해안의 파손과
구럼비 해안의 파손

틀린 건 땅 이름뿐이다

*거믄질 : 제주시 한림읍 월령리의 옛 지명

만학晩學

배움이 모자라
우물을 파기 시작했다

모른 것 멀리서 손짓하고
정해진 시간 따라
걸어도 보고 뛰어도 보지만
늦깎이 공부는 따를 수 없다
젊어 빨리 놀리는 그들의 머리를

무디어진 머린
시간 따라
우울증에 걸려
흐리멍멍하고
시간에 맞춰 제출해야 하는
시험 답은
떠올리려 노력하다 끝난다

산은 산이요

물은 물이로다에
대하여 서술하라
누가 그에 답할까
정답은 없다
그러나 정한다
시험지 위에 박힌
정답의 숫자로

시험지에는
그 흔한 예외도 없다
만학의 머리는
몇 배 더 더듬어도
우물이 차지 않는다

소망所望

나는 솔캇불이
되지 않으렵니다
촛불도 싫습니다

나는 등잔불이
되려 하지 않을 겁니다
오스람 전등불은
더더욱 아닙니다

캄캄한
진하도록
진하게 갈아 놓은 먹물 같은
새카만 하늘이 되고 싶습니다

무수히 펼쳐진
밤하늘 별들이
더욱 빤짝이게
칠흑 같은
어둠이 되겠습니다

제 **3** 부

어린이들의
합창

봄과 아기

벚꽃이 흰 눈처럼 활짝 피면은
어여쁜 우리 아기 요람 속에서
양손으로 졸린 눈 애써 부비며
봄과 함께 꿈나라 여행가지요

벚꽃이 나비처럼 포로롱 날면
어여쁜 우리 아기 한 뼘 더 크고
천진한 눈으로 어머니 얼굴
쳐다보며 방긋방긋 웃음 짓지요

벚나무에 새순이 파릇 돋아나
노근한 햇살에 몸을 맡기면
어여쁜 우리 아기 욕조 속에서
첨벙첨벙 물장구 치고 놀지요

학력

배합된 시멘트와 모래에
물을 혼합하여 압력을 가하면
불럭이 된다
획일적 규격품이 즐비하게 쌓인 후
건축현장에 투입된다
누구는 초호화판 주택에
다른 놈은 고층빌딩에
어떤 놈은
다 쓰러져가는 슬레이트집 울타리에

진흙 불럭도
집 짓는 데 쓰인다

잘된 설비 속에 찍혔는가
초라한 설비 속에 찍혔는가

차이는 그것뿐이다

가을

넓지 않은 내 집 마당
하늘에 별이 내려와
주렁주렁 앉았다
밀감나무 한 그루
단감나무 두 그루에

벚꽃과 함께 찾아와
마당 가득
밀감 꽃향기 폴폴 피운 게
어제 같은데

억새 꽃 머리 풀어헤쳐
바람에 흔들리고
까치무리 자꾸
밀감나무에 달린 별을
쪼고 또 쪼면

강아지 방울소리 함께

달려온 막내
책가방 던지며
휘어이 까치 쫓는다

굶주린 정情

섬돌 위
외로운 신발짝 하나

어디서 모여 왔을까
어디서 데려다 놨을까
콧구멍 속으로 빨려드는
살림살이 냄새인가
할머니 체취인가

사람냄새 그리워
반갑게 잡은 손마디는
무거운 짐 지고
쉴 새 없이 달려온 시간에
세찬 비바람에 시달려
자라지 못한 나뭇가지다

긴 밤
지치도록 기다려도

누구 찾아오지 않고

저 멀리 달아나 버린
옛 추억은
황량한 들판
홀로선 허수아비마냥 애처로운데

떠나려는 이
두 손 꼭 잡고
입가에 작은 미소 그리며
고맙다 고마워 라고
반복하던 말이
내 귓가에 시리도록 박힌다

안개

지구의 조목조목
자연의 조목조목
자르고 파헤치고
널브러 놓고

볼 게 많은 세상
그래도
남겨야 할
봐야 될 것과
안 봐도 될 것들

에이즈
남극의 해빙
광우병
대지진 등은
자연의 반항인가

눈이 부옇다

너무
들여다본 것일까
사위가 뿌옇다
더
들여다보지
말라고

손녀에게

눈 속에 넣어도
아프지 않은
네 백일 기념사진

가슴 깊이 새겨진 너는
하늘이 내게 준
크디 큰 선물이다

빨간 볼 붉은 입술
천진한 웃음
귀엽고 통통한
작은 손과 발을 가진
잘 만들어진
인형이구나

뉘이면 뒤집혀지고
볼 대면 방긋 웃고
하루 또 하루 커가는

네 모습
어느 것 하나
버릴 것 없이
충만함은
나의 뇌를 도배하고

네가 웃을 때
바라보는 내가 좋고
너를 업은 할미 등(背)
따스한 감촉 스며들면
쳐다보는 아버지 어머니
표정이 흡족한데

탈 없이만 자라다오
탈 없이만 자라다오
미련스레 빌어보는
할애비 염원

아무도 모른다

네 살 손녀
재롱이 귀엽다
십팔 개월 된 손자의
더듬는 말은 환희다
아무리 뜯어보아도
이렇듯 귀여운 인형들은 없다

할머니 아프지 마세요
골절로 망가진 손목의 통증은
손녀의 말 한 마디가
백 가지 약보다 더 나은 진통제다

숨긴 것 찾아
앉은뱅이책상 밑을
살피는 손자의
눈망울은 살아있다

배우는 한 가지 두 가지 말들과 행동

내 핏줄이기에
나의 가슴은 팽창되어
터지기 직전의 풍선이다

그림그리기 색칠공부
공손한 요조숙녀의 인사

말끝마다 네 네
대한민국 해병 같은
거침없는 손자의 대답에
아들부부와 함께 웃으며
지나가는 말처럼
담벼락에 심는다

커서 뭐가 될는지

짝퉁

바위 두들기는 소리 요란하다
큰 비에
물 휘돌아 흐르게 하던
건천의 바위들은
언제나 그곳에서
변함없을 줄 알았는데

이제는 없다
울뚝 불뚝
기묘한 형상들인 바위들은
비가 오면 빗물이
한 걸음에 달려오게 하려고
모두 타박해
평지를 만들었다

전철 속
예쁜 얼굴들을 본다
웃는 얼굴이 예쁘다

오뚝한 콧날 위
웃음 짓는 눈매
아래 눈꺼풀은 한일자다
윗 눈꺼풀은 반달이다
이 얼굴의 눈도
저 얼굴의 눈도 똑 같다
한 공장에서 찍어낸
붕어빵이다

핸드백 같은 것만
짝퉁인 줄 알았는데
여자의 눈꺼풀까지도

모든 건천은
한꺼번에 물 쏟아내는
똑같은
도랑이 되고
전철 속 아가씨들

쌍꺼풀 눈은
모두 똑 같은 눈이다

자연은 그대로가
아름다운데

배령*찬가 盃令讚歌

포세이돈
예리한 삼지창 끝이
해저의 혈관을 관통하자
밀려온 거대하고 높은 파도에
구척의 송림과 모든 것들이
모래 속에 묻혔다

드레곤이 뿜어대는 불기둥은
사위四圍를 용광로로 만들고
혼돈의 시간과 함께
모든 것을
멸망시킨 대가로
섬 하나 태어났다
천년을 지켜온 마을들을
쇠 쪼가리 흔적
하나 남기지 않고
삼킨 하얀 모래톱에
허황한

상여 노래 소리만 남기고

이제 천년의 파도는 흘러가고
평화로움이여
여기 그냥 머물러라
온 마을 생명들 모여
염원하는
능향원*의 정월 보름날 기원은
영원히 계속 되리니

후·················· 천 년
천년을 뒤로 한 노송은
천신제*의 간구함의
은덕을 입었는가
눈 시리도록 파란 물속에
고난의 세태를 헤쳐 나가는
가마우치들의 애잔한 숨비소리
선진터* 입구의 돌하르방은

언제나 잔잔한 미소로

오는 손님 반갑게 맞는다

*제주시 한림읍 금능리의 옛 지명
*금능리에서 음력 정월 보름날 마을 안녕을 위해 제사 지
 내는 곳
*금능리 능향원에서 올리는 제사
*금능리 입구 모래사장

과욕

권력의 향연에
취했다 깨어나 보니
해는 이미 기울고
허둥지둥 딴 양복 입고
나선 길은
생뚱맞은 다른 길

좌향좌 시간동안
달콤함을 곱씹으며
이리저리
기웃거리기 전 저 편은
민초民草들을 짓밟고
자신만이 배 채운
시간뿐이다

꼭두각시가 되어
헤헤헤거린 세월은
과거일 뿐이라며

여기 한 번 두드리고
다시 저기 기웃대며

짙은 분 냄새
풍길 곳 찾는
부랑자의 심보는
자신만을 위한
몸부림이다

잠깐 권력의 환희배歡喜杯는
이제 독배가 되고
독배도 마다하지 않은
그 추함들

다시 태어나지
말아야 할
권력을 잃은 자들

불량 씨앗

굵은 돌 잔돌 골라내고
묘종터 만들었다
비단결 같은 흙 위에
씨앗 소독하여
한 알 두 알
정성들여 꼽았다
내일의 식탁을 위하여

발아될 시간이 훨씬 지나도
탄생의 함성 없는 묘판
바라보는 가슴이 탄다

혹여 잘못 될세라
조심하여 파종하고
질펀하게 물도 주고
보온도 잘했는데

잘못된 게 무엇일까

생각의 한참 후
꾸겨진 씨앗 봉지를 찾아
연월일을 본다
유효기간이 지난 씨앗이다

불임不姙에
잉태를 기다림은
우공이산愚公移山이다

불량 씨앗처럼
인간도
시효가 있다면

불통不通

세상 이야기는 다 싫은 거야
남의 이야기는 귀찮기만 할 뿐이야
나만의 왕국을 위해
다른 소리를
단절시키고 있는 거야
길거리 이야기든
버스 속 애환이든
광장이 아우성이든
세상이 소란스러움
그런 거 나와는 상관이 없어
나의 귀가 즐거우면
나는 그것으로 만족해
나의 삶에
인성은 메말라도 좋아
남이 내 고픈 배를 채워주지 않잖아
인류 같은 이야기는 꺼내지도 마
내가 필요하지 않은데
그게 뭐가 그리 대단해

내가 잘못되면
책임져야 할 사람
누군지 알잖아

광란의 소리가 뇌를 진동한다
햇빛 못 드는 고막은
윙윙거리는 소리뿐이다
자신의 이익을 위해선
친구도 없다
세상 맑은 소리와
담싼 저들을 위해
우린 왜 걱정해야 하는가

비 내리는 날의 회상

흐린 날
내가 서러워하지 않음은
비가 내리지 않기 때문이다
흐린 날
우울하지 않음은
우산을 쓰지 않기 때문이다

억수 같은 비속에
우린
우산 속 촘촘히
파고드는 비를 맞으며
그냥 걸었다

그녀의 바라는
이상형이 아니기에
헤어져야 한다는
일방적인 당위성을 들으며

사랑은 영원하지 않다
순간이 지나면
멋없는 허수아비가 되고
혼자 서있는 장승이 되고
지붕 위 닭 쳐다보는 개가 된다

영원은
둘로 나눌 수 없는
혼자의 것임을 왜 몰랐을까

비 오는 날
우산 속 파고드는
실비 맞으며
나는 내팽겨쳤다

내 지순至純한
사랑은
찰나刹那였기에

어린이들의 합창

어느 작은 음식점
너나없이
떠드는 소리 정겹다
가을 운동회다
호루라기 소리는 없다

검은 염색으로
흰머리 감춘
해방 다음 해
태어난 아이들

철수가 있고
영희가 있고
그리고 염치廉恥도 있다

인생 육십부터라고 하지만
육십은 집에 두고
남은 여섯으로

남녀칠세부동석을 지킨다

여자 어린이는
손 자녀 때문에
어깨 못 쓴다 푸념하고
남자 어린이는
술잔 권하느라 정신없다

먼저 세상 뜬 친구
타향살이 친구 빼고
모여앉아
수다 떨고
소주잔
나눌 수 있는 행복

집에 가면
손자에게
근엄한 할아버지

다정한 할머니인데

코흘리개 동창모임
과거 속에 묻힌 그들
모두 어린애들이다

제**4**부

여로

황사가 물러간 자리

측간을 싫어하는 조왕신의 저주로
눈이 나빠 버린 어린 소년은
보이는 세상이 모두 흐릿했습니다
눈을 씻어 보아도
눈을 비벼 보아도
주위는 온통 잿빛입니다

흐릿한 사위 찢어버리려
눈을 도려낼 수도 없고
컥컥 막히는 전신의 답답함에
크게 반항하고픈
자아自我의 꿈틀댐을
초자아超自我가 억제시킵니다
밝은 세상을 만끽하는 사람들에게
흐릿한 세상도 있다는 것을
가르치려는 양

새벽마다

물 허벅 가득
용천수 길어다
측간신 노여움 달래고
또 달래시던
어머님 정성으로
동티動土는 저주를 풀고
눈의 흐릿함을
걷어갔습니다

황사가 물러간 자리
탁 트인 시계
답답했던 지난날을
소년은 배웠습니다
시간이 지나야
세상일 하나 하나
알 수 있다는 것을

알고 계실까

아버님은
지금 내 모습을 알고 계실까
아버지 세상 뜨실 때
나이만큼
세월을 먹어버린
아들의 모습을

증손자 손녀 태어나고
손자며느리들
옹기종기 모여
어머님 제사음식 차리며
세상 제 것인 양 웃으며
세상 부러움 모르는 듯
재잘거리는 모습들을

저 어린 자식 커
어떻게 세상 살아갈까
늘 근심과 걱정 속에 지새우다

세상 뜨신 어머님

손자 손녀 장가 시집가고
영정 앞에
술잔 드리고 절하는
손자며느리
증손자들의
저 몸짓들을

아버지 어머니는
알고 있을까

구인求人

바람도 놀러갔나
칙칙한 짙은 안개는
가로등불 희미하게
둥글게 휘감고
지나가는 자동차 불빛
뿌연 사위를 가른다

늦은 밤
우울을 초청하고
소주병 받아 앉아
눈을 감는다

이태백은 달
천상병은 주막
네로는 불타는 도시와 벗했다는데

긴 밤
모든 것 같이 나눌

별 하나 찾아

천상天上에 눈동자 심는
고독한 마음속 허상을 본다

오름에 올라

거친 숨 몰아쉬며
젖무덤처럼 봉긋하니 돋아난
정상에서 너를 애무한다

멀리서 보는
고운 자태가 좋아
너를 취하고자
반나절 거친
호흡 위에 밀려오는
오르가슴은
느끼는 자의 것이다

굽어보는 발아래
보이는 인간 세상
저 저만치 놔두고
오름 중간
낮게 드리운 구름에
나는 신선이다

별천지 세상에

바다는 날씨 따라
파랗기도 하고
잿빛이기도 한데

삼백 예순 닷새 열두 달만큼
모여 이루어진 제주의 오름들
초록빛에
야생초 향기 더욱 짙게
사월의 계절 위에 번진다

지우려는 것은

잊었지
그 때 잊었지
우리 사이 청산하자
던진 그 말에
찢어지는 가슴
겨 겨우 추스르며
돌아서서 잊었지

메시지에 뜬 글
오랜만입니다
활짝 핀 꽃들이
산재한 봄 날
주말이 되니 생각나서
안부 글 남깁니다
건강을

그림자는
밝음에서만 존재한다

잊어버린 지난날은
햇빛에 노출됐던 그림자이다
사랑은 주머니에
넣었다
보고 싶을 때
꺼내 보는 것이
아니다

속절없는 사랑은
태양에 맥 못추는
그림자라고
나는 포효한다

여로

소나무 가지마다
무겁게 내려앉은
눈꽃의 길을 지나
유채꽃 활짝 미소 짓던
때를 비켜
함박웃음 요란한
수국의 계절을 피해

해바라기 해를 따라
고개를 틀던
계절 뒤편엔
억새꽃 온 산 가득
출렁이던 길을
걸어왔습니다

구름과 폭우
천둥과 번개
봄과 여름

가을과 겨울은
뒤안길에
스쳐갔고
앞길에도 끝없이
펼쳐져 있습니다

이유

섬이 초록인 것은
계절을 머금은 탓입니다

바다가 파란 것은
하늘이 맑기 때문입니다

장미가 탐스러운 것은
오월과 함께 함이겠지요

칠월 세찬 장맛비가
지상의 열기를 식히지만

아직도
내 가슴이 뜨거운 것은
당신을 향한
사랑의 불씨가
남아있기 때문입니다

대지의 젖

어젯밤 내린 비에
일주일 전
뿌린 씨앗
햇빛 보고 고개를 내밉니다

뿌려 놓은
밭벼의 싹들도
대지 속에
꿈틀댑니다

땅이 품어 감싼
비는
어머니의 젖입니다

비와 대지의 입맞춤
더 많은 생명들이
탄생의 희열을
느낍니다

후회

어느 날 문득
앞을 바라보니
나의 시간은 여기에 있었다

용용 죽겠지
날 잡아봐라
시간은 나를 쳐다보며
빈정의 웃음을 띤다

무엇을 했을까
부지런히 달려 왔지만
이룬 것 없고
시간은 저만치서
껄껄거리고만 있다

늦둥이
너무 뒤처져
할 수 없다는 것일까

좀 더 일찍 알았으면
좋았을 텐데
아서라
일찍 알아도
느끼지 못해서
몰랐다 해라

그렇다
알아도 느끼지 못하는
찰나는 가고
늦게 달려오다
바라보니
모두는 저만치
앞서가고 있다

장다리꽃은 다시 피는데

그립다 한들
다시 볼 수 없는데
4월은 왜 무심하게
다시 오는가

남북의 이산가족도
도리산역을
넘어가고 넘어오는
세상이지만
마음 깊은 곳
손짓하는 그리움은
육십오 년 시간 위에
그냥 떠 있다

무지렁이가 되어
아무것도 할 수 없는
선생들과
학생들 모인 대낮 교정

총명함이 죄가 되어
재판 없이 총탄에
맥박이 멎어버린 당신

장다리꽃 만개하던
제주의 4월
열여덟 옅은 미소의
단 한 장의 사진은
제사상 위 영정이 되어
모여앉은 이들
가슴을 찢어 놓는데
임과의 해후는
이승과 저승의 벽속에
처연히 머물고 있다

들꽃

올레길에서 문득
너를 본다
화선지 위에
그려보고
또 그리던 꽃이 아니냐

들꽃은 외로워야 한다고
말들 하지만
너는 대가족이
모여 사는
다복한 가정이구나

도회지都會地
회색 담장 안
요란한 장미보다
얼마나 좋으니

시원한 바람

탁 트인 사방
눈부시도록
파란 창공에 노니는
하얀 구름 보며
자연이 주는 모든 것들
거칠 것 없이
소유하고
만끽할 수 있는 너

먹물 풀어
화선지에 옮겨
황혼의 쓸쓸함을
함께 하고픈

들꽃이여
들국화여

월령리 선인장

물허벅 지고
물 길러 나서는
옛 제주여인의 모습이다
모진 제주의 해풍에도
흔들림 없는 꼿꼿한 너의 자세는

낙담, 권태, 무력
피로감이 사방에 쌓였던
지난 세월에
흔들리지 않고
가난했던 시간 보내니
너의 존재가 더욱 빛난다

복수초 같은
기다림의 노란 꽃
초가을
수줍은 섬 처녀의 첫 화장인 양
불그스름한 초벌 화장을 하고

농익은 열매는
영근 사랑의 표상일까

오늘도 노다지 캐는
아낙들 손에
붉디붉은
선인장 열매 자국이
피처럼
진하게 물들여 간다

재선충 소나무 · 2

억새 하얀 꽃 치장이 아니다
한라산하 곱게 물들인
울긋불긋
단풍 모습은 더욱 아니다

팔순 등 굽은 노인네
청의靑衣 벗고
갈옷 갈아입어
밭일 나갈 일 있을까

한밤 지나면
가지 한쪽 갈천 두르고
일주일 지나면
몸 전체를 갈옷으로 바꾸어 입는다

청청바다는 갯 노음
아프리카 대륙은 에볼라바이러스
제주 소나무는 재선충이

녹색 소나무 숲
갈중이* 입히기에 바쁜 건
하늘이 내리는 징벌인가

붉은 소나무를
바라만 봐야 하는
내 우울한 시선에도
가을 하늘은 눈부시게 파랗고
산등성 억새꽃은
눈부시게 하얗다

　　　*갈중이 갈옷 : 감물들인 옷 제주어

진심 眞心

어린이는 보았다
엄마 찾아온 남자
배웅하러 나간 엄마가
현관에서 부둥켜안고
입 맞추는 광경을

순간
네살박이 머릿속은
하얗게 변했고
늘 사랑스럽던
엄마 모습은
환생한 마귀할멈이었다

화살이
활의 시위를 떠난 후
할머니네로 온
어린이는
일상이 편하다가도

부둥켜안고 있는
모습 떠오르면
조각조각 도려지는
어린 가슴

가위로 제 머리 자르고
옷을 토막 내고
죄 없는 동생
때리고 운다

초등학교 입학식 날
엄마 손 잡고 온
또래를 보며
부럽지 않다고
엄마 있는 너희들
진짜 부럽지 않다고

나를 사랑하는

아빠가 있고 동생이 있고
할머니 할아버지가 있는데

친구들을 보며
어린이는
돌아서서 눈물을 훔쳤다

제5부

영전에

세월 · 1

너는 그냥 꽃이어라
꽃 진 후 오디는
자손을 위한 열매일 뿐이다
꽃도 열매도
세월엔 꺾이는 것을

너는 항상
그냥 꽃이어라
변하지 말고

벚꽃이 늙어서
변해 버린 버찌
오!
슬픈 소나타여

몸뻬 입은
여인 되지 말고
너는 그냥
꽃으로 남아 있어라

청송青松에게

바람이 분다고
흔들리지 마라라

우리 모두
중앙에 서서
동서남북
모진 바람
어떻게 부는지
바라만 보자

바람에
흔들리면
청송의 푸르름
한 순간에 변하고

훗날
후회의 나락에서
힘겨운 나날
계속되리니

영전靈前에

고작 쉬신 게
그만큼인데
돌아가십니까
삼만 날 겨우 채운 시간에
소풍消風 마치시고

편히 쉬시렵니까
천지天地를 쓰시렵니까

돌아가셨다는
허무한 비보
그러나
그 누구도
겪어야 할
필연적인 것

돛대도 삿대도 없이
떠나시는 길

잠시 머무시던 자리엔

크나큰

토지土地 자국

남기시고

가시는 길

서글퍼 않겠습니다

소풍 끝나

머무시는 곳에서

천지天地를 쓰고 계신다면

저희들 언젠가

찾아뵐 수 있을까요

겨울비 막걸리

추적추적
겨울비 내리던 날
간판 빛바랜
식당을 찾았다

오십여 년 전
내 입에 머물던 그 맛
지금도 그대로인데
고왔던 식당 집 아주머니
상피象皮된 얼굴에도
미소는 그대로이다

한 무더기
손님이 몰려와
자리 잡고서
저 편에 앉은
손님 아는 체하며

이런 날은
소주보다 막걸리지
한 마디 그 말에
을씨년스러움도
가슴 한구석 우울함도
활짝 개인다

지금도
옛 그대로인 식당에서
오십 년 후 주름진
주인아주머니 얼굴처럼
텁텁한 막걸리와
순댓국 안주

변함없는
그 따뜻함과
안성맞춤 그 맛

멈춰버린 시간

나의 1월은 물 뿌림에서 시작된다
집안의 열두 그루의 난
1년을 같이 지내도
난은 꽃을 피우지 못한다

어둠만 있어서가 아니다
밝음만 있어서도 아니다
찬바람이 없다
무풍지대에 자라는
난 위에
해가 걸리지 않는다
달이 걸리지 않는다
내 마음이 걸리지 않는다

그래도 난은
물을 먹고 자란다
해를 먹고 자란다
달을 먹고 자란다

그러나
꽃을 피우지 못하는
설움은
열두 달 물만 주고
붓이 멈춰버린
나의 시간이다

어린 기생

나는 아직
머리를 올리지 못했습니다
어떤 이는
잔칫상 받기 무섭게
머리를 올리지만
잔칫상 받고 십여 년이 지나도
나의 연주
나의 춤
나의 노래는
아직도 저만치서
나를 머뭇거리게 합니다

어떤 가락에 춤을 춰야
잘된 춤이며
어떤 곡을 연주해야
청중을 울리며
어떤 노래를 불러야
미성이 될지 아직 모르는

불안함은
아직도 진행형입니다

잔칫상 받고
십여 년이 지나도
첫 시집 내지 못하는 나는
아직도 머리 못 올린
어린 기생입니다

아픈 바다

제주 한림읍 어느 마을 앞바다
거대한 침鍼이 바다에 꽂혀 있다

지척에 비양도는 청록 걸쳐
싱그러움 뽐내는데
어디가 아파서
침을 맞고 있는가

수평선은 탁 트여
바라보는 이에게
시원함과
풍요로움을
보여주는데
시야를 끊겨놓고
해녀의 숨비소리마저
끊겨 놓은 자들만
배를 불리게 하는
거대한 침

풍력발전 설치라는
재물의 옷을 입고
얼마나 많은 침들이
병들지 않은 환부에 꽂혀
바다를 병들게 하렴인가

있는 자들의 처방에 따라
땅 위에서도
바다에서도
병을 악화시키는
바이러스로
제주의 자연은
중증환자가 되어간다

장맛비

목말라 애타던 속
속 시원한
한 사발의 냉수

비 싫은 도시에서
더위 타령 하는 이들
어떻게 알까
농부의 속 타는 마음을

한 방울엔
축일 수 없는 목마름을
두 방울 세 방울
아니
통사발채로
갈증을 풀어주는 비

뜨겁던 대지
더덩실 춤춘다

장단이 없어도
그냥 추어라

목마른 대지여
너무 마셔
취하지 않을까
아스팔트 넘쳐
아래 밭으로 넘치는 빗물
계영배의 참뜻을
장맛비는 알까

늙은 호박

늙은 호박 껍질을 벗기려면
칼이 잘 들지 않는다
칼이 무딘 게 아니다
껍질의 단단함 때문이다
익기 전엔 물렁물렁했다

쇠는 담금질할수록
단단해진다
한 시절
비, 바람
혹한도 혹서도
견디었다

풍진이 모여 산을 이룬다
어린이가 하루아침
늙은이가 될까
시간은 송두리째 오지 않는다

여림은 위태롭다

연륜이 세상을 이끌어 간다

부두 스케치

방파제 위 걸터앉은 어부
가끔 먼 수평선 바라보며
담배만 뻐끔 뻐끔 빤다

수평선 너머 어장이
내 삶의 터전이었는데
눈앞에 정박한 어선은
붉은 빛 띄엄띄엄
녹물 스며들어 가고

황폐해 버린 어장은
출어해도
기름 값도 못한다는
귀가 따가운 푸념들

육지 농사만큼
바다도 가난한 거다
건져 올려도

남아돌던 생선들은
삶을 찾아
도시로 떠났을까

파란 담배연기
창공으로 피워 오른다
땅과 바다의 부유富裕는
하늘에 있는 양

빨래

신문을 읽었다
TV를 보았다
러시아 유전 개발이 있다
행담도 건설이 있다
개발공사 게이트가 있다
총선이 있었다
대선이 있었다
모두가 선량이다
모두가 하얗다
너는 나보고 소리친다
오물 투성이라고
나는 너보고 악을 쓴다
까마귀 숯보고 검서방이라고
모두가 까마귀이다
학의 고고한 자태는
흉내 내지도 못한다
이십 년 정승으로 살다 간
황희黃喜의 후예는 없다

돌아가는 세탁기 속에서
오물을 걸러내고
하얀 수성페인트를
입히고 싶다
부패한 모든 군상들을

어머니

봄 여름 가을 겨울
사계절이 있습니다

새싹 돋아나 꽃이 피고
나뭇잎 돋아나
울창한
늘 푸르름이 있었습니다

올망이 같은
오름들엔
늘 포근하고
따뜻한
품이었습니다

볼을 때리는 세찬 비
매서운 북서풍인
시베리아
싸락눈일 때도 있었습니다

그러나
당신은 언제나
감싸고 품고
꾸짖고 달래주었던
나의 위대한
산이었습니다

그리움

보고 싶다
보고 싶다
눈 감아도
눈을 떠도

보고 싶다
보고 싶다
길 걸어도
멈춰서도

보고 싶다
보고 싶다
낮이나
밤이나

소통의 시간

소주잔 속에
대화가 쌓인다
재잘거림을 들이킨다
풀지 못할 고민까지

소주잔 속에
잠시 신뢰가 쌓인다
너와 나의 신뢰
서로가 함께 들이킨다

비어가는 술잔마다
피어나는 끈끈한 정
순간의 행복이지만
정情은
사슬이 되어
서로를 잠시
하나로 묶는다

작품평설

이중옥 상징시의 표상미表象美

— 이중옥 시집 《한 입 가득 베어 물고》의 시세계

石蘭史 이수화

(시인 · 한국문학비평가협회 회장)

청봉青峰 이중옥李中玉 시(청봉은 아호, 이중옥 詩人의 詩)는
심볼리즘(상징주의, 象徵主義, symbolism) 시세계를 구현한
다. 상징주의 시세계란, 평화平和를 사랑하는 사람(人間)이 평
화라는 관념이 구체적으로 우리 눈이나 머릿속에 잘 들어오
질 않으니까 그걸 대신해 '비둘기'를 내세워 '평화'라고 하
는 것이다. 이와 같이 평화라는 추상적인 관념을 비둘기 같은
구체적인 비유로 대신 표현하는 걸 상징象徵기법, 상징주의라
할 수 있다. 이런 기법의 시가 상징주의 시세계를 펼쳐놓은 건
불문가지일 터인 바, 청봉 이중옥 시(이후 '이중옥 詩'로 표기
함)의 시세계 편력(검토)으로 들어가고자 한다.

현대시의 맥락으로 볼 때, 상징주의는 19세기 후반 프랑스
에서 사실주의, 자연주의, 고답파高踏派에 대한 반동反動으로
일어난 문학사조다. 미학적으로 감정이입感情移入(empathy)

의 해석을 기본으로 하며, 그 예술대상은 정취상징情趣象徵을 주된 항목에 둔다. 상징파는 그 효장 보들레르를 비롯해서 19 세기 프랑스의 과학시대, 물질시대의 소외자들이 그 주류였 는 바, 니체(F. Nietzshe)의 영향이 컸다. 니체의 물질주의에 대한 비판과 거부는 상징주의자들에겐 교훈이 되었고, 또 그 들(심볼리스트)에겐 미학의 동반자가 된 셈이었다. 또한 프로 이드(S. Frued)의 정신분석학은 이 상징주의가 뒤에 초현실주 의로 발전하는 중요한 거점이 되기도 하는데, 이 상징주의의 반물질주의, 반과학편향성은 오늘에 와서도 시나브로 영향력 을 행사하고 있다 하겠다. 이중옥 상징시의 경우 가령,

가을 한 입 베어 물면
겨울이 되고

피 한 모금 베어 물면
동백은 진다

전두엽 한 입 베어 문
소주잔엔
뇌의 혼란이 담기고

날선 바람
한 입 가득 베어 물면
사위四圍가 찢기운다

눈부신 병실은
하얀 페인트 한 입 가득 베어 물고

임종 환자는
삶의 끝 시간
한 입 가득 베어 문다

무심한 시간
한 입 가득 베어 물면
내 생의 자리가
또 한 움큼 둘둘 말린다

– 〈한 입 가득 베어 물고〉 전문

　　예시例詩는 이 시집《한 입 가득 베어 물고》(2015. 8. 지구문학 간행)의 메타 텍스트로서 시집 수록 역작 텍스트들에서 발군의 대표작이기도 한 작품이다.

　　'한 입 가득 베어 물고' 라는 메타 텍스트는 무엇인가를 한 입 가득 베어 물고 다음 행위인 아래 웃니를 마주쳐 씹어 삼키다, 씹어 먹는다는 저작咀嚼 행위의 전단계이다. 시를 보면, 첫 스탠자 두 행에 "가을 한 입 베어 물면/ 겨울이 되고"라 했으니 저작행위는 생략됐고, 둘째 스탠자 "피 한 모금 베어 물면/ 동백은 진다"고 했다. 난해한 상징련象徵聯인 셈이지만, 상징시에서 사물이 가진 색채감은 그 의미 해독의 긴요한 키워드가 된다. 예시 연例示聯의 첫 행두 '피' 색과 둘째 행 '동백冬栢'

꽃 색은 다 같은 붉은 색깔이므로 이 두 시니피행은 일신동색
一身同色, 즉 색즉시공, 공즉시색의 상징(시인 이중옥은 상징
시인이니까)으로 파악 표상하여 동백(동백주冬栢酒도 있으며,
상징으로도 그렇다)을 한 모금 베어 무니 동백은 지고 말더라
(!)이겠다. 그런데 그 다음 스탠자 "전두엽 한 입 베어 문/ 소
주잔엔 '뇌의 혼란이 담기고"가 문제다. 난데없이 '전두엽'이
라니?! 그러나 이런 따위 매직에 걸리면 상징시 읽기는 여기
서 끝장이 되고 만다. 허나 동백冬栢꽃에도 화두花頭, 꽃봉오리
에 전두엽은 있질 않는가. 화자(시인 이중옥처럼 탐미적, 신
비적=이는 상징주의 시인들에겐 도그마다)같이 그 정조情操
가 심오한 미학적 취향엔 꽃잎 띄운 술잔 들이키면 그 뇌의 혼
란은 참으로 마약 먹은 것같이 황홀해지는 것이겠다.(상징주
의 시인들은 실제로 마약과 같은 마취제에 도취되었었다.) 그
다음 "날선 바람/ 한 입 가득 베어 물면/ 사위四圍가 찢기운
다". 선뜻한 바람 한 입 가득 베어 물고 동백주 취함을 깨려 하
니 "눈부신 병실은" 화자처럼 온통 사방이 하얀 페인트를 입
안 가득 베어 문 듯 백색의 공간, 그곳 임종 환자는 삶의 끝 시
간을 한 입 가득 베어 물고 죽음을 맞이하는 것이다. 그리고
화자는 무심하게 삶의 자리를 한 움큼 둘둘 말아 무심한 시간,
무심한 삶을 한 입 가득 베어 무는 것이다. 생生 삶을 생중사生
中死, 죽음 속으로 가는 여행으로 보면, 생生을 한 입 가득 베
어 문다는 것은 신비롭기까지 하질 않는가. 상징시는 이처럼
삶과 죽음이 서로 수미상관首尾相關으로 물고 물리어 뱀처럼
똬리를 틀고 있는 형국을 보들레르로 하여금 〈교감交感, 또는

조응照應, Correspondence〉을 씀으로써 우리에게 영계靈界에 까지 접근할 수 있는 정신의 확장력을 키우게 하는 것이다. 예시는 이중옥 상징시 수법의 암시력 짙은 표상성을 필자가 너무 구체성을 드러낸 듯하지만 이 시인(이중옥)만의 특징적 기법인 인습적 상징(보편적 상징, universal symbol) 기법을 세심하게 해설하기 위한 조치이기도 하다. '한 입 가득 베어 물고'는 이중옥 상징시만의 우리 인습어(몸에 젖은 풍습어)의 새로운 발견적 미학화(인습어 상징기법)의 소산인 것이다.

　　장맛비 멈춰 창문을 여니
　　맹꽁이소리 사방 뜨겁다
　　황홀한 시간 맞으려
　　땅 깊은 곳 울음소리

　　동여매어진
　　우울증 보내려고
　　밖을 나서니
　　임 그리는 소리
　　고독의 몸부림소리

　　밝은 달 바라보며
　　임 그리워 맹꽁
　　외로움의 몸부림
　　맹꽁 맹꽁

그리운 임 찾음인가

맹꽁 맹꽁 맹꽁

– 〈수컷들〉 전문

  예시例詩 〈수컷들〉의 '맹꽁이'는 맹꽁이과(애구과螠口科)에
속한 개구리다. 등이 검푸르고 머리와 가슴에는 여리고 검은
빛 반점이 있는데, 낮에는 물 속에 있다가 밤에만 밖으로 나와
개미, 모기, 파리 따위의 곤충을 잡아먹고 산다. 흐린 날이나
비올 때 특히 요란스럽게 울며 소견이 좁고 아둔한 사람을 상
징한다. 이런 맹꽁이를 여기 이중옥 상징시는 임 그리워 "맹
꽁 맹꽁" 우는 수컷들(이중옥의 상징어로, 세상의 모든 암컷
에 대척점에 놓이는 성적性的 존재를 희화戲化해 부르는 말)
로, 즉 상징어(여러 마리 또는 세상에 존재하는 수놈의 총체)
로 대신해 노래하고 있다. 맹꽁이란 놈(들)의 그 소견 좁고 아
둔하게 생긴 녀석(들)이 날이 흐리거나 비가 올 때 암컷을 불
러 교미를 위해 요란스럽게 우는(노래한다고도 함) 정경은 참
으로 우스꽝스럽다. 이와 같은 맹꽁이(들)의 "맹꽁 맹꽁" 발
성하는 소리가 맹꽁이나 개구리는 생리적으로 일정한 멜로디
오조(melodioso, 선율적旋律的으로)의 발성이 돼 일종의 그들
만의 '노래'가 되는 것이다. 그런데 이 맹꽁이의 "맹꽁 맹꽁"
하는 노래가 구애의 울음소리인지(첫련 후말 행), 임 그리는
고독의 몸부림소리인지(둘째 연 후말 두 행), 외로움의 몸부
림인지(셋째 연) 우리 인간은 아무도 모른다. 오로지 상징주
의 시인 중에서도 보들레르를 이어 알주르 랭보가 시인에게

견자見者(보아이앙, voyant)란 호칭을 헌상해 이 보아이앙으로서의 '보는 자' 란 현실세계를 뛰어넘어 피안세계彼岸世界의 숨겨진 본질을 투시透視(꿰뚫어 보는, 통찰해 보는)하는 자로 그 위치가 굳어졌던 것이다. 이 시집《한 입 가득 베어 물고》의 시인(이중옥)이 저러한 상징시인 보아이앙일 수 있음은 이미 저 메타 텍스트 시 속에 그의 견자적見者的 태도가 충실하게 보여졌던 바 우리의 삶(生) 자체가 죽음 속에 있음(생중사生中死의 경지)을 그 시 속에서 상징의 중층 이미지군群으로 묘출해 놓고 있는 것이다. 그리하여 시인(이중옥)은 여기 예시 〈수컷들〉에서는 우리 인간 아무나 보아낼 수 없는 세계 속 존재자인 '맹꽁이' 의 울음소리의 암시성을 보아냈으니 그것이 바로 음성과 의미 사이의 영원한 '순준巡逡' 인 것이다. 앞으로 더 나아가지도, 뒤로 물러나지도 못해 머뭇거리는 '황진이의 꽃상여' 와 같은 '순준의 이미지' 가 바로 '맹꽁이의 울음' 이라는 뜻이다. 이야말로 고급스런 정서의 소지자 보아이앙見者 상징시인(이중옥)만의 지혜로운 탁월성의 상징기법 소산이 아니랴. 그는 이 시로써 우리 수많은 '수컷들' 의 구애의 울음소리를(맹꽁이 울음소리로) 음성 상징해 놓고 있는 것이다. 그것을 동물의 울음소리는 암컷을 부르는 노래이므로 사람(우리 수컷들)이 그렇게 주저하며 맹꽁이처럼 순준적巡逡的으로 노래하는 모습을 떠올려 본다면 이중옥의 이 상징시 〈수컷들〉이야말로 박장대소를 금할 수 없게 하는 상징주의 시 기법 중 하나인 웃음유발의 탁월한 암시성暗示性 표상미表象美의 구현이다. 그것은 예시 셋째 연 6개 연 중 3개 연에 분배한(임 그리워 맹꽁-1번, 외로움의 몸부림인가 맹꽁 맹꽁-2번, 그리운 임 찾음인가 맹꽁 맹꽁 맹꽁-3번) 맹꽁이의 울음(실은 구애의 노래소리)인 바, 이 시의 상징적 점층법이어서 독자의 웃음유발을 단계적으로 암시해 폭발시키는 효과를 거두게 되는 것이다. 이 시의 낭송자가 맹꽁이로 분장한 낭송 퍼포먼스 효과는 만점이 될 터이다.

낭송자들(수컷들)이 여러 명이면 더욱 암시해 가다가 웃음(폭소)을 터뜨리게 하는 효과야말로 기상천외한 상징기법이 되고도 남을 것이다. 상징주의 시가 우리에게 주는, 즉 시가 독자에게 베푸는 즐거움이란 기능을 우리는 그 특성을 잘 구현해내고 있는 이중옥 상징시 〈수컷들〉에서 만끽하는 것이라 하겠다. 지금부터는 그 특성의 다양한 모습을 살피도록 한다.(행두 넘버는 평설자 부여)

① 어린이는 보았다/ 엄마 찾아온 남자/ 배웅하러 나간 엄마가/ 현관에서 부둥켜안고/ 입 맞추는 광경을// 순간/ 네살박이 머릿속은/ 하얗게 변했고/ 늘 사랑스럽던/ 엄마 모습은/ 환생한 마귀할멈이었다// 화살이/ 활의 시위를 떠난 후/ 할머니네로 온/ 어린이는/ 일상이 편하다가도/ 부둥켜안고 있는/ 모습 떠오르면/ 조각조각 도려지는/ 어린 가슴// 가위로 제 머리 자르고/ 옷을 토막 내고/ 죄 없는 동생/ 때리고 운다// ……(중략)……// 나를 사랑하는/ 아빠가 있고 동생이 있고/ 할머니 할아버지가 있는데// 친구들을 보며/ 어린이는/ 돌아서서 눈물을 훔쳤다

② 제주 한림읍 어느 마을 앞바다/ 거대한 침針이 바다에 꽂혀 있다// 지척에 비양도는 청록 걸쳐/ 싱그러움 뿜내는데/ 어디가 아파서/ 침을 맞고 있는가// 수평선은 탁 트여/ 바라보는 이에게/ 시원함과/ 풍요로움을/ 보여주는데/ 시야를 끊겨놓고/ 해녀의 숨비소리마저/ 끊겨 놓은 자들만/ 배를 불리게 하는/ 거대한 침// 풍력발전 설치라는/ 재물의 옷을 입고/ 얼마나 많은 침들이/ 병들지 않은 환부에 꽂혀/ 바다를 병들게 하렴인가// 있는 자들의 처방에 따라/ 땅 위에서도/ 바다에서도/ 병을 악화시키는/ 바이러스로/ 제주의 자연은/ 중증환자가 되어간다

③ 어디로 가시려는가/ 어린 손자 데리고// 남편, 아들, 며느리/ 그리고 손자와/ 자기 몫 하나씩인 보따리와 함께// 소개疏開에 불타 버린 고향은/ 수리대만 무성하고// 할머니 등에 손 얹은 손자/ 다 용서한 해맑은 눈망울인데/ 할머니 깊은 주름살은/ 더 깊게 패였다// 왜 무엇 때문에/ 어느 쪽/ 이정표를 생각하고 있을까/ 죽임의 주정공장/ 죽음의 산/ 이곳도 저곳도 아닌/ 숨지도 못할 회색지대// 가야 할 곳 몰라 망설임인가/ 행방 모르는 식구들이 기다림일까// 제주시 시외버스 터미널/ 할머니와 손자의/ 조각상은

이상 3편의 예시는 이중옥 상징시가 가지는 다양한 상징주의 기법에 의한 시편들이다. 나란히 병치 예거해 그 특성들의 다양함을 살펴보기로 하자.

①의 경우 그 메타 텍스트 〈진심眞心〉을 해명하면 시인(이중옥)이 이 텍스트에 구현하고자 하는 태도(stance)와 어조(tone)가 작품의 상징시적인 자질로 자연스럽게 드러나리라 본다. 이 시의 제목 '진심眞心'은 그렇다면 무엇을 가리키는 가. 그것은 시 제 5,6,7련을 거부하는 게 '진심眞心'이라는 것이다. 사실(Fact)은 그 초등학교 입학식 날 어린이는(화자) 엄마 손잡고 온 또래 친구들이 부러웠었다. 시 1~2연의 마귀할멈으로 환생한 엄마 모습은 죽기보다 싫지만 "초등학교 입학식 날/ 엄마 손잡고 온/ 또래"의 엄마는 진짜 부럽지 않을 수 없었으나 그런 친구들을 보며 어린이는(화자) 돌아서서 눈물을 훔쳐야만 했던 것이다. 이미 어린이의(화자) 엄마는 또래의 엄마들과 같은 엄마가 아니고 '환생한 마귀할멈'이었기 때문이다. 따라서 어린이(화자)의 엄마를 생각하는(사랑하는) 다음과 같은 엄마(어머니)가 따로 있는 것이다. 어린이(화자)의 진심眞心의 엄마든 마귀할멈이 된 엄마든 엄마(어머니)는 변할 수 없음을 이 시의 〈진심眞心〉은 말하고 있는 것이다. 이런 유년기의 회상 속 인물, 사실(Fact) 등 현재 재현할 수 없는 의식意識이나 사실(Fact)을 예시처럼 이미지로 표상表象하는 상징시를 뒤랑(G. Durand)은 '기의記意의 경제적 상징주의 시'라고 명제화해 놓고 있다. 예시의 경우처럼 얼마나 많은 시니피앙(기의記意)과 그 시니피앙들의 집합적 문장을 생략(경제적으로)한 담론 축약의 일일까 보냐. 특히 이중옥 예시의 경우, 다음과 같은 시 한 편이 생략된(경제된) 상징주의 시인 바, 어린이(화자)의 엄마에 대한 '진심眞心'이 어떤 것인가.

그 극명한 반증을 보조 인용하고자 한다.

　봄 여름 가을 겨울
　사계절이 있습니다

　새싹 돋아나 꽃이 피고
　나뭇잎 돋아나
　울창한
　늘 푸르름이 있었습니다

　올망이 같은
　오름들엔
　늘 포근하고
　따뜻한
　품이었습니다

　볼을 때리는 세찬 비
　매서운 북서풍인
　시베리아
　싸락눈일 때도 있었습니다

　그러나
　당신은 언제나
　감싸고 품고

꾸짖고 달래주었던
나의 위대한
산이었습니다

- 〈어머니〉 전문

여기에 어디 그 어린이(화자)가 싫어할 윤리적倫理的 모상母像과 본령적本領的 어머니상의 경계境界가 있을 수 있겠는가. 청봉青峰 이중옥李中玉 상징주의 시는 이처럼 죽음 저 너머의 세계상(人間像도 포함한)을 엿볼 수 있는 보아이양(見者)의 시각視覺(어포던스, affordance), 즉 영계靈界도 넘겨다 볼 수 있는(실은 이미지를 통해 마음으로 보는 것이지만) 일일 터이다. 이래서 상징주의는 신비로움에도 경도한다.

예시② 〈아픈 바다〉를 본다. 풍력 발전을 위한 침針을 바다에 꽂은 사태에 시인(이중옥)은 제주의 자연이 중증환자가 되는 중이라 반응하고 있는 것이 이 시의 상징이다. 원자력 발전으로 얻는 전력보다 훨씬 싸고 위험이(공해) 없다는 풍력 발전시스템 설치에 시인의 이와 같은 반응은 작품의 성패를 떠나서 시적 어포던스(affordance) 문제일 터이겠다. 그렇더라도 이중옥 상징주의 시는 상징시의 암시적 기능이 얼마든지 가능한 터이므로 예시②는 "지척에 비양도는 청록 걸쳐/ 싱그러움 뽐내는데// 어디가 아파서/ 침을 맞고 있는가"(제2스탠자)와 같은 뛰어난 상징 레토릭(Rhetoric, 수사학, 修辭學) 하나만으로도 훌륭히 독자들로 하여금 고무적인 인스피리트(inspirit)에 도달하게 할 수 있을 터이다. 사상적으로는 물량주

의를 배격한 니체사상의 영향이다.

그리고 마지막 예시③ 〈터미널 할머니〉의 경우, 우리 아픈 역사의 한 페이지 주인공들인 일본 데신따이 할머니 소녀상(동상) 만큼이나 슬픈 그 조각상 자체가 뼈아픈 우리 민족사의 상징인 "제주시 시외버스터미널/ 할머니와 손자의/ 조각상은"(텍스트의 후말 스탠자)이 시의 중심 이미지로 제시돼 있다. 이 터미널 할머니와 손자는 제주 4.3사건 당시 예비검속자들로 피검속돼 끝내는 6.25발발 때 대부분이 즉결처분된 사람들 중에 가족을 잃은 처지다. 이같은 가족사의 비극의 할머니와 손자 조각상은 프랑스 상징주의가 긴요한 소재로 취한 시와 조각, 시와 회화, 시와 음악이라는 인접 예술과의 융합은 매우 긴요한 상징파들 미학의 골간이 되었던 바, 이중옥 상징시가 이를 간과할 리 없다. 시인(이중옥)은 예시의 '터미널 할머니'와 '손자 조각상'을 보아이앙(見者)의 촉수를 발하여 제주 4.3 비극의 역사를 반추하고 그 비극적 공간을 이념의 준순성逡巡性(가야 할 곳 모르는 망설임)으로 표상해 보이고 있는 것이다. 이런 의미에서 청봉 이중옥 상징주의 시야말로 우리의 거룩한 내일을 지향하게 하는, 그 불가피성의 예언자적 인스피리트(격동시켜 줌)가 아닐 수 없다 하겠다.

이제 청봉 이중옥 상징주의 시가 내보일 수 있는 마스터피스군(masterpiece, 걸작군傑作群) 중심의 평설글에 피리어드를 찍어야 할 대목에 이르렀다. 그 기념비적 이중옥 상징시 한 편을 더 음미하면서 평설을 놓고자 한다.

뚜우/ 통금 사이렌소리에 질겁하여/ 들던 술잔 내려놓고/ 통금시간 피해 골목길 돌고 돌아/ 집으로 도망가던 시절// 친구여/ 길음시장 골목길을 기억하는가/ 구정물 흐르는 실개천을 바라보며/ 사각모자 벗고/ 소주잔 기울이던 그 주막은/ 먹이를 찾는/ 맹수의 커다란 눈망울처럼/ 휘황한 텍사스촌 불빛이/ 우리들의 옛 추억을/ 삼켜버렸다// 구더기 떠다니는 것 같은/ 동동주 한 주전자와/ 이십 원짜리/ 진주성찬 한정식은/ 짜고 짠 반찬이/ 우리들 고픈 배를 채워주고// 십 원짜리/ 돼지껍데기 안주는/ 쓰디쓴 소주를/ 달콤하게 만들었었지// 오십 년이 흐른 지금/ 노쇠한 머리에서/ 그 때를 꺼내는 것은/ 가녀린 허리띠/ 졸라매고 살았던/ 가난했지만 행복하던/ 학창 시절/ 부산물을 반추하는 것일까

― 〈추억〉 전문

추억追憶은 삶의 생성과 소멸, 또는 충만을 상징하는 생生의 이미지다. 그리고 그 추억이 가리키는 공간(추억의 장소)과 시간(추억 속 학창시절, 투쟁, 연애시절 따위)은 죽음 저 너머처럼 암흑이거나 광명光明 속이거나 우리의 영혼靈魂만이 접할 수 있는 것(곳)이다. 이걸 입체적으로 보여주는 자들이 상징주의 시인들이다. 보들레르가 말하듯 죽음 너머에 놓인 찬란한 것들을 영혼이 감지하는 것은 시를 통해서 그리고 시에 의해서라고 했다. 청봉 이중옥의 이 상징시집《한 입 가득 베어 물고》가 우리에게 주는 바 영혼의 살아 숨쉬게 하는 힘이야말로 그의 살아 숨쉬는 천부적 시의 보아이앙(司祭 · 預言者) 재질 덕분일 터이다.

한 입 가득 베어 물고

지은이 / 이중옥
펴낸이 / 김정희
펴낸곳 / **지구문학**

110-122, 서울시 종로구 종로17길 12, 215호(뉴파고다 빌딩)
전화 / (02)764-9679
팩스 / (02)764-7082

등록 / 제1-A2301호(1998. 3. 19)

초판발행일 / 2015년 8월 15일

ⓒ 2015 이중옥 Printed in KOREA

값 10,000원

E-mail/jigumunhak@hanmail.net

※잘못된 책은 바꿔드립니다.
※저자와의 협약으로 인지는 생략합니다.

ISBN 978-89-89240-65-5 03810